«VARIA»

ROSSELLA CALABRÒ

CINQUANTA SBAVATURE DI GIGIO

Sperling & Kupfer

CINQUANTA SBAVATURE DI GIGIO

ISBN 978-88-200-5379-6
87-I-12

VII EDIZIONE

A Maria Paola Romeo e Simona Pisanello,
consigliere attente, sensibili e diaboliche,
peggio di Mr Grey

Indice

Premessa

Cinquanta sfumature di Grigio e i successivi due volumi della trilogia jamesiana rappresentano un caso editoriale che vanta, nel momento in cui scrivo, venti milioni di copie vendute in tutto il mondo.

Chi non l'ha letto potrebbe pensare che sia un romanzo erotico. Credo invece che sia un romanzo onirico. E racconta di quei sogni politicamente scorrettissimi che più o meno ogni donna fa, zitta zitta che tanto nessuno la sente, tra le braccia di Morfeo.

In questa trilogia alcune cose sono francamente insopportabili: Anastasia, la protagonista femminile, quando parla squittisce, e Mr Grey, il protagonista maschile, ringhia; entrambi indossano immancabilmente capi firmatissimi; l'unico fumatore è il cattivo della storia; Mr Grey in veste di neomarito esprime il suo apprezzamento dando manate sul sedere della sua sposa in pubblico. E altre cosette del genere che, queste sì, fanno venire i brividi. Non le sessioni sadomaso inserite con cadenza regolare nelle pagine grigie, nere, rosse (e molto rosa) del romanzo.

Eppure.

Eppure, nonostante tutto, questa trilogia si legge in un soffio, anzi in un sospiro.

Un po' perché è la rappresentazione romanzata della sindrome della crocerossina che va a sfruculiare nel senso materno di noialtre signore, un po' perché riesuma il becero ideale di Principe Azzurro (Grigio) che avevamo giustamente trucidato.

Ma i fantasmi, per loro natura, non muoiono mai, e infatti leggendo la trilogia se ne sente chiaramente lo sferragliare di catene.

È un po' un ritorno all'infanzia, quindi, alle fiabe scorrette che ci hanno raccontato, a quelle solenni puttanate per cui i maschietti si vestono di azzurro e le femminucce di rosa, e a quelle altre idiozie per cui le donne sono fragili e assetate di regali costosi.

Insomma, un piccolo abbecedario degli orrori che però, pur rinnegandolo con tutte le nostre forze, ci fa tornare piccole e circonfuse di melassa.

È per questo che, pur godendomi la lettura della trilogia, mi è sembrato giusto riderci su, sdrammatizzarla togliendo potere ai suoi contenuti conservatori. Trilogia che resta, intendiamoci, un capolavoro di sottigliezza psicologica applicata al marketing, che si legge senza annoiarsi un secondo.

Però, ecco, io a stare zitta proprio non ci sono riuscita.

Com'è che si diceva ai miei tempi? Ah, sì: una risata li seppellirà.

E allora accomodatevi, gente, con tanto di pala e zappa, alla prossima pagina.

Il Gigio nostrano

Il maschio umano medio, qui detto «il Gigio», differisce non poco dall'esemplare da sogno definito in letteratura «Mr Grey».

È una questione di sfumature, certo: entrambi appartengono pur sempre alla specie *Homo sapiens*. Ma cinquanta sfumature, o meglio, sbavature, non sono mica poche.

È un po' come quando su *National Geographic* ci raccontano che i dinosauri sono imparentati con gli uccelli. Avranno anche un dienneà simile, ma immaginate di far sedere, lì sul vostro divano, un velociraptor; poi fate accomodare accanto a lui un canarino: state ancora contando le sfumature che li distinguono?

Come i dinosauri, che sono un po' animali leggendari, anche i Mr Grey fanno parte dell'immaginario collettivo. Come lo Yeti, il mostro di Loch Ness, i marziani o l'unicorno, nessuno li hai mai visti davvero. Però dei dinosauri sono state ritrovate le ossa. Quando verrà ritrovato il reperto fossile del *penis greyensis*, allora potremo riparlarne. Per ora accontentiamoci del *penis gigiensis* che, debitamente rieducato e istruito, non è poi così malaccio.

Ma stavamo parlando di sfumature.

In questo piccolo manuale di controinformazione affettivo-erotica, le osserveremo tutte e cinquanta, con l'obiettivo di ricordarci come vanno veramente le cose, quaggiù nella vita reale. Non per smettere di sognare, sia chiaro, ma per cominciare a sorridere dei nostri sogni, rendendoli forse meno grigi e addirittura più colorati.

Cinquanta sbavature di Gigio

Sbavatura n. 1

L'ASCENSORE

Stiamo per esplorare insieme il mondo delle sfumature di Gigio. Ma siccome vogliamo evitare di ansimare per la stanchezza invece che per la tensione erotica, prendiamocela comoda e non facciamoci cinquanta piani di scale a piedi.

Accompagniamo quindi l'esemplare maschile definito in letteratura «Mr Grey» mentre sale in ascensore con la sua bella. Ovviamente la fa passare per prima, un po' per innata galanteria, un po' per abbandonarsi a sofisticate osservazioni dietrologiche.

Fin qui il comportamento del Gigio nostrano e quello del Mr Grey letterario sono sovrapponibili. Magari le considerazioni dietrologiche del nostro sono meno sofisticate, magari sono contaminate da un retropensiero del tipo: Mmh, mi sa che la Gina ha messo su un paio di chili, però diciamo che le sbavature che differenziano i due esemplari sono trascurabili.

Il delta appare invece evidente nel preciso momento in cui viene premuto il pulsante di avvio dell'ascensore.

A Mr Grey accade una serie di fenomeni quasi paranormali: lo sguardo si fa di metallo fuso, la bocca si protende avida, il respiro assomiglia a quello di un cavallo in corsa, e le grosse similitudini con gli equini non finiscono qui.

Intanto l'atmosfera della cabina si fa rovente, un flusso di elettricità ad alto voltaggio erotico passa da lui a lei e viceversa, finché il dito indice di Mr Grey (ma no, cosa andate a pensare) preme il pulsante STOP, per bloccare in un solo, sapiente colpo di falange sia l'ascensore sia il tempo. Dopodiché si consuma l'atto sessuale in un turbinio di ansiti, gemiti e profilattici (estratti da una bustina d'argento strappata rigorosamente con denti bianchi come la neve del Kilimangiaro).

Appena terminato, a dispetto del detto «*post coitum omne animal triste est*», Mr Grey è pimpante come un cucciolo di koala, avvinghiato dolcemente all'amata a cui prodiga una serie di naso-naso in un moto di gratitudine e melassa.

E al Gigio, invece, che cosa accade?

A bordo dell'ascensore il suo sguardo si fa acuto come un rasoio, mentre scruta nello specchio i mesti segni dell'incipiente calvizie, smoccolando come un koala a cui abbiano rubato i golosi rami di eucalipto. La bocca assume la forma di un mestolo, mentre pronuncia tra sé un soffocato «mavaffanculova'» rivolto all'odiata stempiatura che avanza. Poi, con il dito proteso (ma no, cosa andate a pensare) indica la sua fronte all'amata, pigolando: «Secondo te, Gina, è vero che la calvizie è dovuta a un eccesso di ormoni maschili?»

La Gina lo rassicura lapidaria: «No».

Ora l'atmosfera nell'ascensore si fa rovente. Il Gigio preme repentino il tasto STOP, mentre un flusso di elettricità ad alto voltaggio polemico passa da lui a lei. Dopodiché si consuma un breve alterco, che finisce con la solita lotteria su chi dei due andrà a parlare con le maestre dei bambini. Combinazione, vince la Gina.

Sbavatura n. 2

I MEZZI DI TRASPORTO

Restando in tema di locomozione, passiamo ora a individuare le sfumature che distinguono i mezzi di cui si serve l'esemplare Grey e quelli che usa l'esemplare Gigio.

La letteratura in merito ci informa che Mr Grey si sposta in aliante, in yacht, in elicottero. Tutti rigorosamente di sua proprietà. E se un giorno gli gira di abbrutirsi, può anche disporre di un'auto lussuosissima, con tanto di vetri fumé e, *ça va sans dire*, di chauffeur.

Ora, il bello dei libri è che si può inventare qualunque cosa. Persino uno shuttle, eventualmente, costerebbe solo due righe, senza intaccare il conto corrente.

Ma nella realtà, come si muove il Gigio?

Il Gigio classico tende a spostarsi in moto. Possibilmente una di quelle con il sedile del passeggero largo circa sette per sette centimetri, dove l'amata è costretta a bretellarsi come uno zainetto al Gigio di turno, con il pensiero fisso che, alla prima partenza con lieve (irresistibile) impennata, verrà sbalzata a terra e abbandonata come un vecchio bidè alla discarica. Questo non succede mai, ma è tanto, tanto brutto da pensare, e toglie parecchi punti al piacere del viaggio.

Non solo: l'esemplare Gigio, una volta equipaggiato di moto, tende a usarla in qualunque occasione, schifando e rinnegando per sempre l'automobile.

C'è da andare, per esempio, al matrimonio di un'amica? Ci si va in moto, è ovvio. E chi glielo va a spiegare, al Gigio, che un'ora dentro il casco della moto non dà gli stessi risultati di un'ora sotto il casco del parrucchiere? Chi gli va a dire che tutte le nostre amiche, alla cerimonia, avranno i capelli perfettamente stirati, mentre noi scenderemo dalla (fottuta) moto come se ci avessero applicato dei polpi sulla testa? Chi si occupa di informarlo che la marmitta rovente sta brasando i nostri polpacci? Chi gli rivela il dramma di un orecchino a candelabro che ci segna la guancia con mille lingue di fuoco mentre il cinturino del casco glielo stampa contro? Chi gli mostra i nostri occhi da Pierrot dopo che tutto il mascara è colato fin sui canini digrignanti?

Ma le simpatiche gite in moto presentano un ulteriore, irresistibile vantaggio per il Gigio: ogni conversazione è negata. Tranne un timido strizzamento di coscia gigiesca quando proprio non ce la facciamo più e dobbiamo fermarci a fare pipì, comunicare con il nostro amato è impossibile. E questo lo rende ancora più entusiasta della scelta del mezzo.

Così, mentre il soggetto letterario Grey ci intrattiene amabilmente facendoci raccontare di com'eravamo carine da piccole, o facendoci pregustare – ora che piccole non siamo più – gli abissi del piacere erotico, il Gigio nostrano si fa tutt'uno con il manubrio e, mentre fantastica di forcelle, candele e carburatori da cambiare, ci scodella silenziosamente alla meta.

Sbavatura n. 3

La bellezza maschile

Mr Grey è bellissimo. Occhi: grigi come il cielo prima di una tempesta ormonale. Mani: grandi come l'amico single che sta sotto la cintura. Capelli: da farci un nido.

E il Gigio?

Occhi: due. Mani: anche. Capelli: eroici. Si possono ammirare presso il monumento dei Caduti eretto in loro onore.

Sbavatura n. 4

Il look

Mr Grey indossa sempre e soltanto capini *homewear* impeccabili mentre, con il possente torso nudo e i jeans strapazzati al punto giusto (magari con il primo bottone aperto, non per straripamento dell'adipe ma per malizia), si aggira a passo di puma per la casa.

A volte anche il Gigio, durante i primi giorni di convivenza, sembra un po' un Mr Grey. Ma poi, tempo poche settimane, il possente torso (se di possente torso si trattò) si nasconde dentro magliette decorate a olio (del brasato), mentre i jeans vengono gelosamente riposti nell'armadio e sostituiti con pantaloni del pigiama dai ginocchioni sformati stile vecchio canguro.

E il passo da puma? Sfuma, in un dialogo appassionato tra la ciabatta destra e quella sinistra.

Anche il cesto gigiesco della biancheria sporca, quando è ancora in stile Mr Grey, contiene biancheria che non è mai veramente sporca.

I boxer – o gli slip, a seconda della filosofia – sono appena un po' *fané*, ma appena appena, non come dopo qualche mese di convivenza, quando, senza bisogno di chiamare quelli di CSI, è possibile risalire con precisione al menu della mensa aziendale o a quello del bar sotto l'ufficio.

Sbavatura n. 5

La malattia

Mr Grey non ha un raffreddore che sia uno. Dorme poco, ma non è mai stanco. Pare che si ammazzi di lavoro, ma in realtà non fa mai un cazzo. Insomma, è sempre pimpante come una cinciallegra e sano come un piranha.

E se il Gigio si ammala?

La malattia, qui intesa come una temperatura corporea che oscilli fra i trentasette gradi e i trentasette virgola uno, mette a dura prova la convivenza con un esemplare di Gigio.

Durante l'episodio febbrile il pover'uomo perde totalmente l'uso degli arti, così la semplice impresa di raggiungere, per esempio, una bottiglia d'acqua nell'apposito frigo gli è preclusa, quindi necessita costantemente del pietoso intervento altrui.

In compenso si nota nel soggetto un importante aumento

dell'estensione vocale, con tendenza alla logorrea, che produce suoni (topo)gigieschi come: «Sdo balissibo, abore, aiudo».

Va da sé che l'alimentazione di un Gigio malato necessita di devota applicazione, e lui, saggio degente, alla domanda «Che cosa vuoi mangiare?» risponde tremulo: «Un brodiiino». Salvo poi sorprenderlo con una coscia di pollo arrosto sotto l'ascella mentre si dirige con aria losca verso un angolo buio della casa.

Ma il fenomeno più sorprendente è la cosiddetta Sindrome di Lazzaro, che riguarda due zone precise del corpicino martoriato del povero Gigio.

Dalla prima zona colpita, la sindrome prende il sottonome di Sindrome del Cacchio, e non per denigrarla, ma perché coinvolge selettivamente l'organo citato. Il quale organo, come per magia e nonostante la malattia, può suonare una fuga (f-u-g-a) di Bach senza perdersi un colpo.

La seconda zona implicata dà il nome alla sottosindrome detta Della Birretta. Ovvero, alla proposta di qualche amico di combattere il maledetto virus con massicce dosi di malto fermentato, il Gigio, come il Lazzaro, si alza, si veste decorosamente e cammina. Questo miracolo rappresenta un innegabile vantaggio, allontanando il soggetto per qualche ora dall'avita dimora.

Siamo lieti di informarvi che l'autrice noleggia amici da birretta al vantaggioso prezzo di euro 50 cadauno. Venghino, *siore*, venghino.

Sbavatura n. 6

L'uomo misterioso

Mr Grey è un uomo decisamente misterioso. Ma anche il Gigio è un uomo decisamente misterioso. Non ha mai rivelato il motivo per cui è incapace di azionare il tasto ON della lavatrice.

Sbavatura n. 7

La cucina

L'esemplare Grey, l'abbiamo visto in letteratura, dispone di una cucina perfetta, ipertecnologica, attrezzatissima, pulitissima, in cui si muove con disinvoltura mentre ci offre prelibati manicaretti cucinati dalla governante (che non siamo noi).

In quella cucina non si perde una briciola, non si lascia una gocciola, non cade sfoglia che Grey non voglia.

Il tavolo, di design, è immacolato, e si presta ovviamente ed ergonomicamente a deliziosi congiungimenti carnali in cui la parte del pollo alla diavola, e anche delle patatine, la facciamo noi.

E l'esemplare Gigio?

L'esemplare Gigio, invece, è un sommo esperto di arte culinaria, il cui principale virtuosismo consiste nello sporcare il maggior numero possibile di pentole e piatti, in particolare individuando quelli che per forma o dimensioni non entrano nella lavastoviglie nemmeno con la consulenza di un consumato contorsionista. Tanto poi c'è la governante (che siamo noi) pronta a sbaraccare.

Un'altra attività in cui il Gigio eccelle è quella detta «dell'intasamento». Il soggetto, quando deve buttare via bucce di patate, lische di sarago, spicchi d'aglio, torsoli di mela e fondi di caffè, inspiegabilmente li butta dritti dritti nel lavello. No, non nella spazzatura – peraltro ad appena una trentina di comodi centimetri di distanza – ma proprio lì, nel lavandino, dove i miseri resti del fiero pasto si trasformano in orrenda mappazza puzzosa, in cui i grumi nottetempo prendono vita e telefonano con l'iPuzz agli amici batteri per invitarli a un bel pigiama party.

Così, mentre il bidoncino della spazzatura rimane lindo e intonso, il lavello intasato comincia a prendere vita e, se si presta attenzione, lo si può sentire mentre inizia a pronunciare, gorgogliando teneramente, le sue prime sillabe: *blub*, *blub*, *blub*.

Dopodiché, pronunciato l'ultimo *blub*, si intasa definitivamente.

Poi uno si lamenta che noialtre si chiama l'idraulico e gli si è grate, molto grate.

Sbavatura n. 8

GLI EFFETTI SONORI

Che suoni emette il Mr Grey letterario al cospetto di una gentil donzella? Pochi, ma buoni. Sospira con struggente eleganza, ansima con ardore, a volte ringhia persino, con l'inquietante sensualità di un licantropo.

Oppure sussurra parole d'amore in salsa di vaniglia.

Ma mai che gli scappi qualcosa di prosaico.

E il Gigio? Il Gigio, all'inizio della vita di coppia ha, come dire, il pieno controllo dei suoi orifizi: appare come una personcina pulita, educata, che non emette alcun suono se non qualche lieve e poetico grugnito in segno di apprezzamento del cibo o delle grazie dell'amata.

Ma nel novantanove per cento dei casi, dopo un annetto in cattività, al Gigio accadono fenomeni inspiegabili.

Un esempio per tutti? Preso da una sete inestinguibile di cultura, inizia a esercitarsi nella pronuncia dell'alfabeto. Le ventuno lettere vengono accuratamente recitate, come una dolce nenia, dopo ogni santo pasto.

Il problema è che il Gigio le recita ruttando.

Aaarp, Buuurp, Cuuurp, Duuurp, Eeeurp, Fffùrpete (la effe fa eccezione), *Gluuurp, Hhhurp* (questo è anche dotato di odorama), *Iiiurp, Llluuurp, Muuurp* (qui mette i due indici sul capo imitando le corna di un toro) e così via fino allo *Zzzuuurp* finale, comprensivo di una zeta di Zorro che, grazie all'aria compressa, zi materializza con uno ztrappo zulla tovaglia.

Ora, l'alfabeto con i rutti, ci rendiamo conto, è un caposaldo dell'essenza gigiesca, un traguardo che solo pochi eletti sanno raggiungere dopo anni e anni di rigoroso esercizio. Ci risulta anzi che in alcuni centri di arti marziali insegnino a formare intere frasi assemblando le ventuno lettere ruttate. Il campione mondiale una volta ha recitato *Supercalifragilistichespiralidoso* in questo modo. Ma senza cantarla.

Aneddoti a parte, ci chiediamo: davanti all'espressione devastata della propria compagna, il Gigio come se la cava? Beh, monta un faccino da bimbo e risponde serio serio che trattenere i rutti fa male al pancino. E minaccia persino di chiamare la sua mamma, se viene contraddetto. Oppure, se è un Gigio del genere burlone, inizia a saltellare intorno all'amata pigolando innocui, scherzosi e bambineschi *prub! prub!* che poi registra e manda in onda al contrario, come quando parla il diavolo.

(Avete provato a leggere *prub* al contrario? Eh?)

Sbavatura n. 9

Le lenzuola

Mr Grey è il mago delle maialate sotto le lenzuola. Anche il Gigio. Il guaio è quando sventola le lenzuola per disperdere i gas.

Sbavatura n. 10

Il litigio

Anche quando litiga, Mr Grey discute deliziosamente. Tutto un botta e risposta sagace, un sarcasmo amorevole, una schermaglia brillante e acuta che poi si sa come va a finire.

Ma soprattutto Mr Grey, dopo avere bisticciato (e fatto pace come solo lui sa fare, a colpi di anelli di fidanzamento, mazzi di fiori e altri colpi più, diciamo, bassi), passa la notte sveglio a osservare rapito la sua bella che dorme, cercando di carpire il segreto dei suoi sogni, tentando di sedurla e di farsi perdonare, anche se ella giace (nuda, già che ci siamo) tra le braccia di Morfeo.

E il Gigio nostrano? Uhm.

Diciamo che il passaggio dalla veglia al sonno rappresenta, per noialtre signore, un momento di interessanti spunti di riflessione sulle differenze tra la specie letteraria Grey e quella dell'iperrealismo gigiesco. È anche utile sapere che il delta tra addormentamento femminile e maschile dopo un litigio è di circa due ore.

Ora, il Gigio, dopo una litigata con la sua Gina, preme l'apposito tasto OFF, che corrisponde a un punto nero sulla sua chiappa sinistra, e cade immediatamente in un letargo profondissimo da cui uscirà, fresco e riposato, dopo le sue belle otto ore filate di sonno.

La sua compagna, invece, subisce una temporanea mutazione genetica che le procura le sembianze di un gufo, con occhi sbarrati, piumaggio scomposto, becco che si apre e chiude a intervalli irregolari per pronunciare il noto fraseggio: «Cazzofaidormi?»

Mentre le onde cerebrali del Gigio registrano una fase di sonno totale, assoluto e imperturbabile, quelle della Gina segnalano un'attività frenetica. Ella dapprima rivive, in modalità PAST, parola per parola tutta la scena della litigata, compreso lo sguardo furtivo allo specchio che riflette il suo stato miserabile e spiumato.

Poi passa alla modalità FUTURE, immaginandosi tutti gli scenari possibili della loro relazione, con un ottimismo degno dei Maya.

Nel frattempo, siccome le donne sono multitasking, la Gina esercita i suoi neuroni elencando con l'emisfero destro del cervello gli insulti più sanguinosi che conosce, in rigoroso ordine alfabetico: dalla *a* di «astronzo» alla *z* di «zampirone» (ché con l'ultima lettera le viene in mente solo «zoccola», ma è femminile e non va bene).

Poi la Gina gioca immancabilmente una carta che gli ingenui scambiano per misticismo tardo zen: tenta di dare un suono alle lacrime. Non perché sia un'appassionata di nacchere, ma perché con il suo *plink plonk* lacrimoso vuole svegliare il Gigio e farlo sentire mortalmente in colpa per il suo pianto straziante.

Ma detto Gigio, che in stato di veglia è normalmente afflitto da sensi di colpa atavici e multidirezionali, quando dorme, dorme.

L'alba li saluterà recando un dono a ciascuno: a lui, un'inopportuna e offensiva erezione; a lei, la voglia di fargliela passare obbligandolo ad andare da qui ai prossimi cent'anni al ricevimento parenti a scuola.

Sbavatura n. 11

Le scuse

Qualunque Gigio, anche il più negato in cucina, mostra un'abilità straordinaria in almeno una performance culinaria. No, non stiamo alludendo a quelle commistioni tra cibo e sesso di cui Mr Grey è esperto. No, no, non stiamo parlando di miele spalmato laddove i raggi del sole faticano ad arrivare, né vagheggiamo di panna – o di farro e rucola, per i più salutisti – che invitano ad approfittare dell'intimo desco.

Qui stiamo parlando di frittate.

Quelle che il nostro Gigio di fiducia, a differenza del Mr Grey letterario, sa girare con una disinvoltura celestiale. Toh, ecco una cosa che il Mister non sa fare e in cui il Gigio invece eccelle.

Con un destro movimento di polso, *tac*, il Gigio imprime alla padella un movimento divino, tra il sussultorio e l'ondulatorio e, *ta-tlac*, il frutto di un paio di galline ovaiole volteggia armonioso nell'aere, fino ad atterrare, con la precisione di una sonda su Marte, esattamente al centro della padella.

Ma questa frittata è esclusivamente simbolica. Ovvero, non è che il Gigio si metta a spignattare tutto contento per alleggerirci del carico quotidiano di frittate, cotolette, pastasciutte e minestroni da portare in tavola (cosa che del resto non fa nemmeno il Grey, ma almeno lui ha la governante).

Il Gigio, la frittata, la gira solo quando sa di avere torto marcio.

Un esempio?

Gina: «Gigio, mi spieghi per quale motivo ogni sera mentre guardi la tele attacchi le caccole sotto al divano?»

Gigio (mentre indossa il grembiule da chef): «Vuoi sapere la verità? La vera-vera-vera verità? Eh?» (Intanto prende tempo, facendo rutilare i neuroni insieme con la frittata.)

Gina: «Eh, dimmela 'sta vera-vera-vera verità. Sono proprio curiosa».

Gigio: «Occhèi, l'hai voluto tu. Bene, eccoti qua la vera-vera-vera verità, servita su un piatto (*una padella, ndr*) d'argento: proprio tu, cara la mia Gina, che ti interessi tanto di psicologia e di quelle puttanate lì, dovresti sapere che se un uomo passa le serate sul divano di solito è per un primordiale bisogno di tornare nell'utero materno, dove tutto è morbido e senza conflitti. E questo già dovrebbe farti riflettere sul tuo ruolo di femmina, incapace di sostituire degnamente la figura materna. Ma non voglio infierire, che oltretutto ultimamente sei anche ingrassata quindi hai già i tuoi bei problemi. Dicevamo: l'utero. Ecco, sì, ehm. Quindi, siccome un pover'uomo è costretto, causa inadeguatezza della compagna, a inglobarsi nel divano-utero, ecco che viene preso da una comprensibile regressione che lo porta a infilarsi, in cerca di sicurezza, un dito in bocca o, siccome c'è buio e si confonde, nel naso. Lì, agitando l'indice come farebbe la sua compagna in segno di rimprovero, egli incontra le sue caccole, e in un impeto di sana ribellione all'autorità le espelle a una a una, appiccicandole poi sul divano come trofei della sua crescita ed evoluzione personale, per la memoria dei posteri».

Gina: «Ah, quindi sarebbe colpa mia se tu scaccoli tutto il divano?»

Gigio: «Ovvio. Ma non ti preoccupare, anche se sei insensibile ti amo lo stesso. E se mi chiedi scusa sono disposto a perdonarti».

Sbavatura n. 12

Le scarpe

A pochi giorni dal primo incontro con la sua bella, il sorprendente, generoso e sensibile Mr Grey le riempie la cabina armadio di abiti, gioielli e accessori mirabolanti, tra cui una serie di scarpe (Louboutin, *ça va sans dire*) da urlo.

Combinazione, sapete qual è il complemento d'arredo che più terrorizza il Gigio, mandando in corto circuito i suoi neuroni e facendolo ululare sommessamente, attonito come un dinosauro davanti al meteorite infuocato che lo estinguerà?

La (nostra) scarpiera.

Davanti al monolite che si erge imponente, egli si accuccia a terra in un afflato di reverenza primordiale e poi, alzando gli occhi con le pupille dilatate, chiede in un soffio: «Cazzotenefaidituttestescarpe?»

E lì, in quel momento topico, a nulla servono i dosaggi

ormonali, la conta dei peli, la pipì da seduti o da in piedi. Davanti a una scarpiera la diversificazione dei sessi esplode in tutta la sua evidenza. E le sfumature che distinguono un Grey da un Gigio sono infinite.

Il pover'uomo non può capire che, per esempio, se una dice «stivali», dice contemporaneamente: con tacco alto, con tacco basso, con la zeppa, a tronchetto, sopra il ginocchio, sportivi, eleganti, classici, trendy, e poi declina tutto questo per almeno una decina di colori e di materiali diversi.

Per lui esistono solo due tipi di stivali: quelli comodi e quelli da zoccola.

E le ballerine? Chi glielo va a spiegare, al Gigio, che di ballerine ce ne vogliono minimo minimo un paio per ogni colore dell'arcobaleno? E come coinvolgerlo in quell'estasi artistica che ci prende quando le rimiriamo tutte insieme, rosso, arancione, giallo, verde, azzurro, indaco e violetto? Lui, il pragmatico Gigiastro, in fondo all'arcobaleno cerca la pentola piena d'oro, mentre noi, la pentola, l'abbiamo prontamente trasformata in scarpe.

Sbavatura n. 13

I PERICOLI

Mr Grey coinvolge la sua bella in situazioni estreme, intrise di pericolo e di colpi di scena da brivido.

Anche il Gigio: alle riunioni di condominio ci manda sempre la Gina.

Sbavatura n. 14

I regali di Natale

Che si tratti di Natale, anniversario, compleanno o non-compleanno, Mr Grey è un ineffabile regalatore.

La letteratura disponibile sull'argomento ci informa che la sua amata ha ricevuto, nel giro di poche settimane, tanti di quei regali da soddisfare un intero harem per sei o sette reincarnazioni.

E il Gigio? Per non umiliarlo troppo con anniversari (che dimentica) e compleanni (che anche), prendiamo l'esempio del Natale, una data facile da ricordare e da festeggiare.

Il Gigio, durante i giorni che precedono le feste natalizie, sfrutta i rigori invernali per cadere in letargo in modo da evitare di ascoltare i sottili e subliminali messaggi – anche i manifesti sei metri per tre – che la Gina gli manda per suggerirgli qualche regalo che vorrebbe tanto ricevere.

Sono state avvistate donne che ogni santo giorno, dal 1° settembre al 24 dicembre, si sono diligentemente disegnate con il pennarello un anello sull'anulare sinistro.

Altre hanno composto e cantato a squarciagola il loro personale jingle: «iPad, iPaaad, quanto mi aggraaad, ovunque io vaaad vedo un iPaaad, il regal ideal per le festivitaaad».

Altre ancora si sono aggirate a piedi nudi nel parco – o, in mancanza di verde, sull'asfalto – per trasmettere un messaggio oltremodo scarpista da far recepire al Gigio.

Ma lui niente. Morto. Stecchito. In letargo fino alle 19.25 del 24 dicembre, quando, con le saracinesche dei negozi mezze abbassate, esce improvvisamente dall'ipersonnia e compra a man bassa autoreggenti per la figlia neonata, un monopattino rosso per la zia ottuagenaria e un carburatore nuovo per la moglie. Pigolando poi alla commessa: «Lei che è brava, mi fa un bel pacchetto?» perché lui, con le sue manine sante, proprio non ce la fa a fare una confezione come si deve (leggi: alle nove c'è il film alla tele).

Dopodiché, ilare e garrulo come uno schiavo liberato dalle catene, balzellon balzelloni torna a casa lanciando leggiadramente i regali sotto l'albero, tipo disco da hockey su ghiaccio. *Sguish*.

E poi via per nuove avventure, in diretta sul telecomando.

E il bigliettino? Eh sì, perché a volte fa più il bigliettino che il regalo (Grey docet).

Per il nostro Gigio è presto fatto: un bel foglio A3, un pennarello (rosso o argento per gli esemplari più evoluti) e una frase che recita, con una botta di creatività senza pari: «Auguri».

E qui, se accusato di pigrizia, il Gigio, piccato, risponde: «Ma no, Gina, questa è arte minimalista, basta con orpelli e barocchismi e melassa, suvvia».

Ma a noi la melassa in stile Grey piacerebbe tanto.

Sbavatura n. 15

La tivù

Mr Grey, quando è in casa, trascorre spesso le serate a suonare (divinamente) il pianoforte. Questo è l'unico suono (struggente) che pervade i miliardi di metri quadrati della sua magione.

Di volgari apparecchi audiotelevisivi, ovviamente, non c'è traccia.

Poi magari sul tardi, con la luna che splende argentea nel cielo, arriva a passo felpato la sua amata, con addosso soltanto un'immacolata camicia di lino trafugata maliziosamente dal guardaroba di lui.

Ella si sdraia languidamente sul pianoforte, magari accenna qualche nota sui tasti e, insomma, accade che in uno scambio di ruoli e/o strumenti, lei suona il piano e lui la tromba.

Vabbè. E il Gigetto invece, la sera che fa?

La natura ha dotato il Gigio di un sistema uditivo perfettamente funzionante. Timpani, padiglioni e tutti gli ossicini correlati sono di buona qualità. Certo, qualche esemplare alquanto fricchettone presenta dei fori sui lobi, che però non compromettono la funzionalità dell'orecchio. Al massimo gli provocano qualche problema ai colloqui di lavoro, ma niente di più.

E allora perché le tacche del volume del suo televisore devono essere numerose come le zampe di un millepiedi?

Perché, quando il Gigio guarda film horror di quarta categoria tutti urla e squartamenti, film di guerra dove si bombardano a suon di decibel, o stronzate pulp tutte effetti speciali – per non parlare delle partite di calcio –, spara il volume al massimo?

Perché, pur stazionando su un divano che dista cinquanta centimetri dall'apparecchio televisivo, alla disperata richiesta «Abbassaaa» il piccolo, tenero Gigetto deve urlare «Non possooo»?

Non dà fastidio anche a lui rintronarsi come un fagiano in discoteca? Che bisogno c'è di tenere il volume così alto? Anche i vicini di casa hanno un televisore, quindi non si tratta di condividere, in un gesto di insospettata filantropia, il proprio benessere di telespettatore con i meno abbienti.

Insomma, perché mai il Gigio, anche quando si tratta di un esemplare giovane e sano, si comporta come un vecchio sordo e rompicoglioni?

L'ipotesi più accreditata è quella del cerume psicosomatico, ovvero la vecchia, cara rimozione della realtà. Quanto più il volume è alto, tanto più il Gigio si isola dal resto del mondo, ingigiandosi su un pianeta tutto suo, popolato da amabili pixel che fanno *bang bang*, *tromb tromb*, *gnam gnam*, *vrooom vrooom*. Pixel a cui talvolta risponde con qualche laconico e impunito *prot*.

Sbavatura n. 16

GENTILUOMINI

«Oh, sì, lasciati andare», esorta Mr Grey con occhi liquidi in cui nuotano ormoni grossi come trote.

«Oh, ma non è che ti stai lasciando un po' andare?» chiede il Gigio osservando il piccolo marsupio di adipe che sovrasta il pube della Gina.

Sbavatura n. 17

Il sesso acquatico

Il nostro Grey letterario, personcina morbosa ma alquanto pulita, ama portare la sua bella nella doccia per fruire con scivolosa destrezza delle sue grazie. E lo fa, ovviamente, in maniera sublime.

Inspiegabilmente, il suo box doccia risulta la più comoda e stabile delle alcove: le piastrelle su cui appoggia la schiena dell'amata non sono mai gelide, l'erogatore non è mai ostruito dal calcare e, insomma, sessualmente parlando il Grey insaponato non fa mai uno scivolone.

E il Gigio?

Eh beh, il Gigio non è così bravo. Pulito è pulito, ma le sue performance acquatiche farebbero un figurone soltanto alle Terme di Paturnia.

Prima di tutto, il box doccia del Gigio non è quasi mai a due piazze, e se la Gina per caso soffre un pochino di claustrofobia, lì dentro la soffre parecchio. Il vantaggio però è che, se si cade, si cade sempre in piedi. Ovvero: quando il Gigio, che incautamente si è insaponato anche i piedi (l'avevamo detto che è un tipino pulito), scivola e sgambetta come un pinguino, sbatte sì il cranio contro le pareti della doccia, ma se non altro non va giù lungo disteso, dato che lo spazio per distendersi non c'è. E fin qui, quasi quasi, Gigio 1 – Grey 0.

I problemi cominciano quando il Gigetto decide di insaponare la sua Gina. Primo scivolone gigiesco: le insapona anche il viso, non valutando, l'ingenuo, che così facendo le fa colare il mascara fino agli alluci, due rigagnoli neri che non sono un bel vedere.

Non contento, il Gigio, che ha letto i libri di Mr Grey, le propina di botto una docciata di acqua gelida sulle cosce, un po' per eliminare i rigagnoli neri, un po' per donarle un brivido proibito. Risultato: se prima la Gina aveva la pelle d'oca, adesso ha la pelle d'ornitorinco e buone possibilità di vincere la causa del divorzio.

Occhèi, dice tra sé il Gigio, e cambia tattica. Posiziona il miscelatore su HOT (che in una situazione così ci sta) e punta il getto d'acqua caldissima sulla Gina.

«Cazzofaiseiscemo?» urla l'amata, mentre la sua voce rimbomba torrida nel box doccia.

Il Gigio, con le orecchie (e non solo) basse come quelle di un cocker, tenta allora di salvare il salvabile. Tra sé e sé si chiede, furbetto: Che cosa farebbe adesso Mr Grey? Beh, si appoggerebbe virilmente alla parete, abbraccerebbe la Gina da dietro, tenendo le mani a coppa (di champagne) sui seni garruli, sussurrandole parole roventi mentre l'acqua lambisce i corpi come mille lingue di pterodattilo (questa cosa dello pterodattilo l'ha aggiunta il Gigio perché ha appena visto un documentario, e poi insomma, non è che si può copiare tutto dal Grey, un minimo bisogna pure personalizzare).

Alla fine il congiungimento acquatico in qualche modo si conclude. I due amanti attraversano indenni il Lago Bajkal (31.500 chilometri quadrati d'acqua ora gentilmente riversati sul pavimento del bagno dall'ente del turismo asiatico) e si rimirano allo specchio: lei è esausta, lui ha un accenno di riporto che gli cola sull'orecchio.

Sbavatura n. 18

La goliardia

Mr Grey la goliardia non sa nemmeno cosa sia. Forse anche perché di amici maschi con cui ululare come un coyote, bere come un cammello e ruttare come un macaco non ne ha.

Il fatto che frequenti solo donne è senz'altro fastidioso, ma risparmia al gentil sesso lo spettacolo pietoso della goliardia maschile. Ed è un bel risparmio, lor signore lo sanno bene.

Il Gigio, invece, di amici maschi ne ha a bizzeffe, uno peggio dell'altro.

Ci piacerebbe tanto raccontarvi le raccapriccianti serate che questi trascorrono insieme, ma siccome ogni donna per eccitarsi sessualmente deve stimare almeno un po' il suo Gigio, è meglio che la prossima pagina appaia con il provvidenziale rettangolo della censura.

Lo facciamo per il vostro bene, e anche per quello con la *p*.

La colpa di tutto questo non è dei neuroni gigieschi, sia chiaro: la colpa è del tasso (alcolico), e soprattutto del branco. Anche se avete speso i migliori anni della vostra vita a disciplinare un Gigio, mettendogli dei silenziatori laddove i suoni gli sfuggono più laceranti, o cercando di fargli capire che cosa distingue la sottile ironia dalla crassa goliardia, quando egli si trova in branco perde ogni freno inibitorio. E tutto il vostro lavoro di civilizzazione va inesorabilmente perso. Tanto vale saperlo.

Sbavatura n. 19

Il letto

Andare a letto con Mr Grey, si sa, è un'esperienza indimenticabile. Ma *dormire* con Mr Grey si può definire qualcosa di celestiale. E forse anche un po' surreale. Lui non russa, non ruba il piumone, non si gira come una cotoletta tutta la notte, e se per caso si alza dal letto lo fa, come abbiamo visto, solo per andarsene di là a suonare dolcemente il pianoforte. E per «di là» s'intende una stanza lontana svariate decine di metri quadrati dal sacro talamo, quindi il suono dei tasti arriva alla sua donzella leggero e sognante come le deliziose fusa di un gatto.

Tocca affrontare il paragone con il Gigio, ora.

Dispiace dirlo, ma come ogni Gigio che si rispetti, durante la notte egli subisce alcune trasformazioni alquanto acrobatiche, passando da caffettiera a tricheco a involtino primavera in poche mosse.

Non solo: egli è in grado di svegliarci, con le sue trasformazioni, esattamente in quel particolarissimo momento in cui noi stiamo andando giù-giù-giù, dai che forse dormo, ecco che mi sto rincoglionendo, ahhh, sì-sì-sì, che bello…

SNORT.

Ecco, il Gigio ha iniziato a sbuffare a pieni polmoni, russando come una caffettiera da dodici.

Poi, siccome insieme con il caffè ci sta salendo anche la rabbia, restiamo sveglie per un'oretta a fischiare, zufolare, spintonare, mirare gli stinchi, meditare vendetta, costruire imprecazioni dall'architettura tanto complessa quanto dannosa per le nostre eventuali reincarnazioni. Poi però, esauste, ci riaddormentiamo.

ROLL.

Ahà! Trasformazione numero due: il Gigio ora è un tricheco, per di più allo spiedo. Infatti eccolo che gira su se stesso, sfrigolando e rollando sul nostro materasso. Ma consultando Google scopriamo che la carne di tricheco non è adatta a un barbecue, quindi riprendiamo sonno, più informate ma anche più stanche.

SGUISH.

Eccallà: il tradizionale furto del piumone ha avuto luogo anche questa notte. Il Gigio se l'è tutto avvoltolato intorno a sé, mostrandoci orgoglioso la sua terza e pirotecnica trasformazione: l'involtino primavera. Noi ola vollemmo pugnalallo con estlema cludeltà.

Dopodiché, esaurite le parodie dei Transformers, il Gigio si placa.

Noi invece, ormai inconsolabilmente sveglie, sogniamo a occhi aperti la quarta trasformazione: da Gigio a Mr Grey, almeno quando dorme.

Sbavatura n. 20

I GIURAMENTI

Mr Grey giura che, prima di incontrare Anastasia, non ha mai dormito con una donna. Anche il Gigio giura che non hai mai dormito mentre andava a letto con una donna.

Sbavatura n. 21

Il kamasutra

Diciamocelo: spostare una donna sui cinquanta-sessanta chili non è precisamente come muovere un bastoncino dello Shangai. Eppure Mr Grey riesce a mettere l'amata in almeno cinquanta posizioni diverse senza che questa s'ingarbugli indissolubilmente con se stessa. Sopra, sotto, destra, sinistra, diagonale, lato finestrino, lato corridoio, zona fumatori, vista mare, vista monti, nella tana del coniglio, il nostro amatore di fiducia fa e disfa in apparente assenza di gravità e di leggi fisiche.

Il nostro Gigio, invece, anche se magari è un discreto amante, non è che riesca proprio a mettere la sua Gina in tutte le posizioni del mondo spostandola con un dito come se fosse la freccina del mouse.

Tipo: lui è sotto, lei è sopra. Poi al Gigio viene un raptus da maschio alfa e vuole che a stare sopra sia lui. Ma ahimé

Gigio e Gina non formano un blocco unico e compatto che si può capovolgere senza sciogliere l'abbraccio. Mica sono trapezisti che si girano in volo.

Quindi il Gigio, fermamente determinato ad assumere la posizione sovrastante, comincia a inclinarsi verso destra come una nave che imbarca acqua, sperando che la Gina capisca le sue intenzioni e lo segua nella timonata a dritta. Ma lei, per non perdere l'equilibrio, controbilancia spostando il peso a manca. Il Gigio s'innervosisce e dà uno spintone più forte nell'altra direzione. Senza peraltro calcolare che il «perno», diciamo così, sui cui poggia la Gina non è proprio entusiasta di questi cambi di inclinazione, e rischia di staccarsi di netto come la chiglia della nave. Ci manca solo di incontrare un iceberg, e poi siamo a posto.

Alla fine, però, la Gina capisce, e pragmatica dice: «Vuoi stare sopra tu?»

«Eh, sì», conferma il Gigio, che però voleva fare tutto senza sottotitoli.

La vita gigia è piena di compromessi.

Altro esempio: la Gina questa volta è sotto, supina. Il Gigio è sopra, ovviamente prono, altrimenti sarebbe Houdini e non un Gigio qualsiasi. Bene. Al Gigio ora viene in mente che vorrebbe accedere alle grazie della sua bella simulando il coito degli ovini. Benissimo. Allora tenta di girare la Gina a faccia in giù, ma obiettivamente gli si presenta qualche problema di logistica piuttosto serio: se il perno è messo lì, la Gina è impossibilitata a girarsi. Pena, Dio non voglia, lo sradicamento del perno stesso.

La situazione è in leggero stallo. Che cosa farebbe Mr Grey?

Il Gigio corre a consultare il libro. Poi, mentre corre, si accorge di avere lasciato la Gina lì sul letto, e di avere ovviamente portato il perno con sé. Quindi, non rappresentando più il perno un ostacolo alla nuova posizione, il Gigio torna dalla Gina, le dedica un sensuale e ammiccante belato, ella capisce al volo il linguaggio della fattoria e inizia festosa a brucare il materasso, per la gioia del Gigio che subito ne approfitta. Intanto ringrazia mentalmente la sua maestra delle elementari che un giorno lontano gli aveva detto: «Nei libri c'è la risposta a qualunque domanda».

Osti, senza nemmeno leggerli?

Sbavatura n. 22

Le parole del sesso

Durante l'amplesso Mr Grey rassicura ed eccita la sua amata sussurrandole in continuazione che è bellissima.

Durante l'amplesso il Gigio rassicura se stesso elencando mentalmente una serie di epiteti irripetibili, al fine di eccitarsi come un babbuino.

Sbavatura n. 23

LA BUONANOTTE

Il momento della buonanotte in modalità Mr Grey e quello in modalità Gigio si distinguono per alcune cruciali sfumature. Vediamole insieme, in diretta e in parallelo.

Mr Grey si slaccia con sensualità la cravatta di seta, il collo privo di doppio mento che si erge scultoreo e, se vogliamo, anche un tantino fallico. La camicia di lino bianco è perfettamente stirata (nonostante il lino sia la stoffa più stropicciabile della Terra) e un paio di pettorali possenti occhieggiano tra i bottoni che egli slaccia a uno a uno (e non ne manca nessuno).

Il *sior* Gigio si toglie con sollievo i calzettoni, mostrando i polpacci metà pelosi metà no (ai comuni Gigi, i pantaloni, strusciando ripetutamente su alcune zone della gamba, provocano questo inquietante effetto zebrato). Poi, in un momento di ilarità, il Gigetto prende i calzettoni e li appende alle orecchie, simulando le sembianze di un festoso cocker spaniel. *Arf.*

Mr Grey sfila pantaloni e boxer in un solo, fluido movimento. Calze e scarpe, invece, non ha bisogno di togliersele perché abitualmente gli si smaterializzano così, senza bisogno di intervento umano.

Bello come un dio greco, l'irresistibile Mr Grey si dirige verso la sala da bagno, ammiccando con occhi di ardesia alla sua amata.

Il Gigio si spoglia completamente in un solo movimento che prevede il lancio degli indumenti sul pavimento. Il cesto della biancheria sporca, in fondo, dista solo pochi, miseri metri, ma egli non lo reputa degno di accogliere le sue vesti. Poi si dirige verso il bagno, dove si esibisce in un concerto per arcata dentale, collutorio e velopendulo.

Gli applausi che seguono la performance canora non sono provocati dall'esultanza e dal battito delle mani di eventuali spettatori in delirio, ma da uno scroscio di peti domestici autocelebrativi.

Mr Grey esce dalla sala da bagno, dove peraltro si è appena accoppiato selvaggiamente con la sua bella, e si sdraia sul letto: nudo, profumato e intriso di testosterone fino alla punta dei capelli, di cui dispone in abbondanza. Lì attende l'arrivo dell'amata, e intanto allestisce in suo onore una tenda canadese con il lenzuolo, che tiene su con un paletto suo personale.

Il Gigio si palesa fuori dal bagno con la maglietta giallo canarino che gli ha regalato l'elettrauto, poi s'infila sotto le coperte insieme con l'ultimo numero di *Motociclismo*. Lì attende l'arrivo della Gina, e intanto la canadese l'allestisce anche lui, perché al Gigio le moto fan quell'effetto lì.

Sbavatura n. 24

Il sadomaso

«Gigio, amore, stasera ti va di farlo un po' diverso dal solito?» propone maliziosa la Gina, che ha appena finito di leggere le cose deliziosamente tremende che Mr Grey fa alla sua morosa.

«Ahà, tipo?»

«Eh, tipo che mi fai qualcosa che mi spaventi un po'.»

«Perché, hai il singhiozzo? Aspetta: Buh! Ecco. Passato?»

«Ma sei spiritoso o solo tonto? Fammi capire.»

«Eh?»

«Occhèi, come non detto.»

Eppure, in un modo o nell'altro, i due iniziano a fare sesso estremo e l'atmosfera si scalda parecchio.

«Ahia!» ulula d'un tratto la Gina.

«Mmh, ti piace, eh?» ringhia il Gigio.

«Togli. Il. Gomito. Dai. Miei. Capelli», sibila e scandisce

inviperita la Gina, che ci sta lasciando lo scalpo per colpa del braccio del Gigio appoggiato goffamente sul materasso *e* sui suoi lunghi capelli ivi abbandonati e sparpagliati all'uopo con sensualità.

Qualche minuto dopo, superata l'impasse, il Gigio le sussurra con voce roca: «Adesso ti lego le mani».

La Gina è tutta un brivido, mentre s'immagina la scena alla Grey: il Gigio che prende la sua cravatta di seta grigia (quella del matrimonio) e ne stringe la stoffa serica con le maschie dita mugolando come un dromedario; poi che le lega con delicatezza, ma con un retrogusto di crudeltà, i polsi gineschi.

«Uhhh», sospira la Gina ingrifata.

«Ahhh», controsospira il Gigio cinghialato.

Ora le dita della Gina tentano di toccare la seta che la tiene imprigionata, per godere del fruscio sensuale della stoffa sui polpastrelli. Ma detti polpastrelli incontrano un paio di piccoli elastici di gomma. Boh? Si chiede la Gina. Al tatto mi ricordano gli elastici delle calze smangiate del Gigio. Naaah, vuoi dire che quel bruto mi ha legato con un suo fottutissimo calzino di viscosa?

«Eh vabbè, la cravatta poi si rovinava, Gina, dai.»

Mr Grey avrebbe usato la cravatta, Mr Grey non avrebbe appoggiato maldestramente il gomito sui capelli dell'amata, Mr Grey avrebbe capito al volo che le sculacciate sarebbero servite per aggiungere del pepe e non per togliere il singhiozzo.

Però con Mr Grey la Gina non avrebbe riso fino alle lacrime come ha fatto con il Gigio.

«Gigio, mi hai fatta piangere», dice la Gina tirando su con il naso.

«Il *sadonaso* è il mio mestiere, piccola.»

Sbavatura n. 25

Il bondage

Mr Grey ama legare la sua bella al letto per sentirsi in una posizione di comando. Il Gigio ama legare se stesso al divano per sentirsi in una posizione di telecomando.

Sbavatura n. 26

L'USO DEL PROFILATTICO

Politically correct fino all'osso, il Mr Grey letterario usa il profilattico a ogni piè sospinto, anche se non è esattamente il piè a essere sospinto, ma vabbè.

Ovvio che indossa il preservativo come fosse un capo di Armani, e ovvissimo che le manovre per infilarlo sull'amato bene sono molto disinvolte. Tutta la cerimonia di vestizione del regale pisello non richiede più di un paio di secondi. Non solo: essendo il Grey un tipetto previdente, dispone di una confezione di profilattici in ogni tasca, manco fosse un canguro.

Il Gigio, invece, che a mettere su tutto quel lattice si rompe un po' i goldoni, è decisamente meno abile. Intanto, i preservativi li tiene nascosti sotto un'assicella del parquet, retaggio della sua adolescenza vissuta con una madre molto presente. Così, quando sul più bello occorre recuperarne uno, i tempi d'attesa sono più lunghi di quelli di un call center.

Poi, una volta presa in mano la situazione, il Gigio cerca di aprire la bustina. Gli illustri esempi della letteratura di genere gli suggeriscono di usare i denti per strappare con virile foga la confezione, ma tra il dire e il fare c'è di mezzo un mare di saliva che, per l'agitazione, cola sulla bustina rendendola scivolosa e sfuggente come un pesce palla.

Ma il Gigio non è tipo da arrendersi davanti alla prima difficoltà, quindi la bustina viene dapprima fonata, poi eviscerata, e finalmente il preservativo è pronto all'uso. Quello che è un po' meno pronto, a questo punto, è il pene gigiesco, che approfittando dell'attesa ha deciso di schiacciarsi un pisolino.

Risvegliato dalle sapienti mani della Gina, il nostro vendicatore calvo è pronto a indossare sul crapino ignudo un berretto da puffo. Il problema è che, per questioni di spazio, 'sti cappellini frigi li vendono tutti arrotolati a ciambella, e non si capisce mai da che parte vadano srotolati.

Dopo un paio di tentativi, però, ecco che ogni cosa è al suo posto, e la ciambella, ehm, ha il suo buco.

C'è da dire che ora il pene, eccessivamente manipolato, ha assunto una lieve tonalità bluastra che lo fa assomigliare, per l'incarnato, al Grande Puffo. Ma riteniamo sia una garanzia di esperienza e di leadership che rende il tutto più eccitante.

Sbavatura n. 27

IL CONTATTO FISICO

Una delle caratteristiche più inquietanti e struggenti di Mr Grey è che non vuole assolutamente essere toccato sul petto, sulla schiena e in altre parti del corpo (no, vabbè, *lì* si può toccarlo, sennò addio best seller) Che cosa avrà mai subito nella sua infanzia di tanto orribile da provocare questo trauma?

E il Gigio, invece? Come reagisce al contatto fisico?

Ecco una piccola sceneggiatura casalinga che ci rivela, senza ipocrisie, come il maschio medio vive il trauma di Grey.

Interno, notte. Una luce soffusa vela e svela i corpi nudi del Gigio e della sua Gina.

Ella, in vena estremamente creativa, inizia a tracciare con le dita dolci ghirigori sul petto villoso del Gigio, sussurrando vezzosa: «C'era una volta una formichina che si avventurava, con il suo bel culetto all'insù, nel bosco tutto neeero.

Cammina, cammina (*e qui la Gina muove maliziosamente la mano verso il basso, laddove il boschetto del Gigio s'infittisce*), la formichina – *patapùmfete!* – inciampò in una grossa radice».

Stai lì che diventa ancora più grossa, pensa il Gigio.

«Ma la dolce formichina voleva girare il mondo, e quindi con le sue antennine (*qui la Gina alza indice e medio verso l'alto, a imitare le antenne della sua emissaria*) fiutò nuovi territori da esplorare.»

Nooo, cazzo, resta lì, dove vai, sei impazzita? Dice tra sé il Gigio.

«Così la Formy risalì il boschetto, e per fare prima s'infilò un bel sei paia di pattini a rotelle. *Vrrr!* scivolò la formichina sul terreno pieno di aghi di pino.»

Miii, ci mancavano i pattini a rotelle. Gina, orcatroia, vai sull'obiettivo e mùchela con 'ste stronzate, vorrebbe dire il Gigio.

«Cammina che ti cammina, anzi pattina che ti pattina, la bestiola arrivò a un piccolo cratere, forse formato dalla caduta – *buuum!* – di un meteorite. Uhhh, che bel posticino per nascondersi, pensò la formica (*la Gina caccia il mignolo dentro l'ombelico del Gigio, che sta iniziando a odiarla un po'*). Ma un grosso e crudele formichiere si avvicinò al buchetto dov'era nascosta la povera formica. 'Oh-oh-oh, qui c'è pappa buona', disse il predatore dalla lunga lingua (*la Gina infila la lingua nell'ombelico e slurp, succhia via la formica immaginaria*).»

Succhia la formica grossa, Gina, da brava. E poi dai, «Oh-

oh-oh» lo fa Babbo Natale, mica il formichiere. Sei anche imprecisa, oltre che noiosetta, continua a pensare il Gigio.

«Ma la piccola e coraggiosa formichina riuscì a fuggire dalle fauci del cattivone (*'Yawn', sbadiglia il Gigio*), e per riprendersi dallo spavento s'incamminò verso un meraviglioso laghetto azzurro.»

Nooo, la formichina negli occhi nooo, pensa il Gigio.

«Gina, fermati immediatamente, devo confessarti una cosa: quando ero piccolo una formica mi ha spento le sigarette sul corpo, dappertutto tranne che sul pisello. Quindi ho un trauma pazzesco e puoi toccarmi solo ed esclusivamente lì. Tutto il resto è off limits. Dopo se vuoi ci scrivi su una trilogia, ma adesso per favore stai sul pezzo e non divagare.»

Sbavatura n. 28

L'EREZIONE PERENNE

Priapo, divinità della mitologia greca e romana, era noto per il suo pene di dimensioni ragguardevoli. Da questo leggendario sovradimensionamento divino deriva il termine «priapismo», ovvero una grave patologia che provoca nel pene un'erezione continua.

Mr Grey, poverino, parrebbe proprio afflitto da questa pena. Infatti il suo pisello è sempre pronto a pisellare duramente e, oh, mai una volta che si presenti in forma di purè.

Non solo: dopo avere consumato abbondantemente, per recuperare la rigidità di un pisello surgelato gli bastano pochissimi minuti.

E il Gigio?

Beh, il Gigio sosterrebbe che è una questione di sfumature: da pisello Findus a purè ce ne sono di vie di mezzo, no?

Uhm. Diciamo che, mentre sulle dimensioni si può trattare, sulla consistenza mica tanto. Un pene dalle dimensioni di un cerino non accende certo grandi fuochi, e giocare a nascondino è un po' la sua passione: fuoooco, fuochiiino, fuocherello, acqua... D'altro canto, un pene grande come una torcia olimpica appicca un incendio che poi ci vogliono tre giorni di maratona con la crema alla calendula per spegnerlo.

Per la consistenza, invece, la sfumatura è più accentuata. Un pene tenero come un criceto addormentato ispira sentimenti materni, certo, ma per arrivare a questi impulsi è francamente un po' prestino, tipo un anticipo di circa nove mesi e parecchi profilattici bucati.

Il pisello del Gigio medio ha una consistenza variabile a seconda dell'umore, della quantità di alcol metabolizzato e di altre sfumature della vita. La cosa rassicurante – ehi, Mr Grey, senti qua – è che spesso, all'inizio della relazione, il pisello barzotto ce l'ha quando è innamorato cotto. Se invece della bella non gliene importa molto, il legume fa scintille.

Ah, un'ultima cosa: ma com'è che Grey e la sua amata si producono sempre, immancabilmente, in orgasmi simultanei? Possibile? Maddai.

Cos'è, giocano a flic o floc tenendosi per il mignolino? Flic o floc? E tutti e due all'unisono: flic!

Sbavatura n. 29

Le fonti di ispirazione

Durante il sesso probabilmente Mr Grey trae ispirazione dai grandi dominatori della Storia. Al Gigetto, invece, lo ispira un casino Pipino il Breve.

Sbavatura n. 30

Il sesso orale

La fidanzata di Mr Grey, che è ancora del tutto innocente alla veneranda età di ventun anni, al suo primo esame, ehm, *orale*, si becca un bel dieci. Ora, o il maestro Grey è uno di bocca buona, o la fidanzata di esami così ne aveva già fatti a decine, oppure siamo di fronte a un'invenzione letteraria. Ah già.

No perché, come possono testimoniare tutti i Gigi del mondo, una cosa come una fellatio non è che s'improvvisi così su due piedi (o due ginocchia). E allora l'unica spiegazione possibile è che il Grey ha poteri paranormali, telepatici, telecinetici peggio di Uri Geller o del mago Zurlì, ed è in grado di trasmettere un intero libretto di istruzioni con la mente.

Vediamo ora, nel mondo delle sbavature di Gigio, che cosa succede veramente la prima volta che una signorina si applica in una sessione di stimolazione orale del pene.

Il Gigio sta accarezzando amorevolmente i capelli della Gina. La cosa strana, pensa la Gina, è che glieli accarezza come se dovesse cementarli al cranio con una cazzuola (ops). Ma perché c'ha la mano così pesante, il Gigio?

Allora la dea interiore della Gina le sussurra lieve: «Ehi, *pssst.* Vai giù con la testolina».

«Ah, nel senso che il Gigio vuole quella cosa là?»

«Eh sì.»

Allora la Gina, diligente, s'appropinqua al di lui pisello. Nel chinarsi, i suoi capelli creano una simpatica capanna che impedisce a entrambi di vedersi. Meglio così, pensa la Gina un po' intimidita, che in quella capanna si sente al sicuro. Ma il Gigio, con gesto virile, le prende i capelli e glieli solleva in una coda. La Gina si sente un po' come la testa di quello là sul vassoio di Salomè. E poi, mica mi vedrà il doppio mento da questa posizione qua?

Ora Gina e pisello gigiesco sono uno di fronte all'altro, sotto gli occhi vigili del legittimo proprietario del legume. E adesso? si chiede la Gina.

«E adesso fai come se fosse un gelato, Gina», interviene la dea interiore.

«Sì, ma a me per esempio il pistacchio non piace.»

«Gina, cazzo!» sbotta la dea in maniera per niente divina.

La Gina lecca, ma il sapore non è affatto uguale al pistacchio, né agli altri gusti della gelateria sotto casa.

«Ahhh», fa il Gigio.

La Gina, incoraggiata dai gemiti, continua a sorbirsi il

gelato per un bel cinque minuti. Poi il gelato sembra trasformarsi un po' in pappetta.

«Eh, Gina, non è che puoi solo leccarlo all'infinito», fa la dea.

«Ah no? E cosa devo fare?»

La risposta arriva dall'alto: non dalla dea né dall'Olimpo, ma dalla mano del Gigio che, un filino esasperato, preme la testa della Gina verso il basso.

«Oddio, devo metterlo dentro la bocca?» chiede la Gina alla dea.

«Ma dai?» risponde sua divinità, che non vede l'ora di andarsene per saldi.

La Gina esegue, anche se – «Ahhh» – il tappeto di cocco le sta scorticando le ginocchia fino all'osso. «Ahhh», fa anche il Gigio, che gradisce l'affondo della Gina, nonché il sospiro.

«Su, dai, Gina, muoviti che devo uscire», la incita la dea.

«Sì, ma dea, che ritmo devo tenere? E i denti dove li metto, che mica voglio fargli male al Gigetto, eh? E con la lingua che faccio? E se mi viene da vomitare? No perché dal dentista, una volta che mi ha messo quella roba gommosa per prendere l'impronta, ancora un po' e vomitavo anche il tacchino del Natale '93. Eh, dea?»

«Ahhhhhhh», esonda improvvisamente il Gigio. E poi commenta: «Brava Gina, ti meriti un bel dieci».

Sorpresa: il Gigio è bugiardo tanto quanto Mr Grey.

Sbavatura n. 31

Le e-mail

Lo scambio di e-mail che avviene regolarmente tra Mr Grey e la sua fidanzata è sempre brillante, ironico, amorevole. È un corteggiamento telematico sublime, una schermaglia amorosa piena di colpi di scena l'uno più ammaliante dell'altro.

Sullo schermo del Mac o su quello del Blackberry le parole scorrono fresche e argentine come un ruscello di montagna, torride e avvolgenti come il sensuale vento del Sahara, o scoppiettanti come un sacchetto di pop-corn durante uno spettacolo di cabaret. Mai una parolina fuori posto, una frasetta un po' banale, una comunicazione di servizio leggermente sciatta.

Non solo: qualunque cosa stia facendo Mr Grey, che è pur sempre l'amministratore delegato di un'azienda immensa, trova il tempo di rispondere con cura e celerità alla sua bella.

Scuse come «Sono in riunione», «Sono da un cliente», «Sono dall'urologo che mi sta mettendo un dito nel culo» non compaiono giammai nel repertorio del nostro galante uomo d'affari.

E le e-mail tra un comune Gigio e la sua bella, come sono?

Da: Gigio
A: Gina
Data: 5 luglio 2012 h. 19.25
Oggetto: Stasera

Gina, vai tu a prendere il pane per stasera?

Da: Gina
A: Gigio
Data: 5 luglio 2012 h. 19.26
Oggetto: Re: Stasera

Perché, le altre volte chi cazzo è andato a prenderlo?

Si noti il sottile erotismo che si cela sia nell'oggetto allusivo e promettente («Stasera»), sia nell'uso delle parole «prendere» e «cazzo», così vicine l'una all'altra da creare un corto circuito erotico irresistibile.

Inoltre, è evidente anche ai più ingenui che la parola «pane», se sottoposta a un briccone cambio di vocale, evocherebbe in maniera fin troppo sfacciata il membro maschile. Per non parlare, poi, delle implicazioni simboliche e psicanalitiche del pane inteso come sensuale materia da impastare, da far crescere sotto le proprie mani sapienti eccetera, eccetera, eccetera. O no?

Sbavatura n. 32

La protezione

Un po' come in quella canzone di Battiato che ha fatto innamorare di lui migliaia di donne (*La cura*), Mr Grey è un esperto nel prendersi cura della sua amata. E noi, se ci crediamo, siamo esperte di fantascienza.

La prima volta che la protegge, con il suo amore un po' virile e un po' paterno, è quando lei, ubriaca fradicia, sta vomitando anche l'anima a un party. Lui, il Grey letterario, accorre in suo aiuto materializzandosi magicamente nel posto giusto al momento giusto.

E lì, anziché fuggire davanti al raccapricciante spettacolo di una donna che vomita verde e sputazza piccoli marziani morti, le tiene devotamente la fronte, l'accudisce con dolcezza, addirittura la porta a casa, la spoglia (ma non del tutto), la mette a letto come una bambina senza neanche mezzo tentativo di approfittare della di lei virtù.

Non solo: in altre mille occasioni, distribuite come mazzi di nontiscordardimé per tutta la trilogia, Mr Grey immancabilmente appare laddove c'è bisogno di un uomo forte, risoluto, deciso e innamorato. Lui sì che sa come tranquillizzare la sua bella, dicendole sempre la cosa più giusta, più dolce e più sexy.

E il Gigio?

Durante i primi tempi del corteggiamento il Gigio si esibisce spesso in exploit galanti: per esempio, emulando l'illustre modello letterario, si toglie la giacca per mettercela sulla spalle quando fa troppo freddo. Salvo poi, dopo un paio d'anni di convivenza, spararci dritto sulla cervicale il getto del condizionatore a una temperatura che tramortirebbe una foca al Polo.

Diciamo che la protezione alla Grey non è proprio la specialità del Gigio.

Se mi è permesso un aneddoto personale, ricordo ancora (con amore e immense risate) la volta in cui, tempo fa, mi trovavo stesa per terra in preda a un piccolo collasso da ipotensione. Ero pallida, sudavo freddo e avevo la pressione a zero. Il mio legittimo Gigio entrò nella stanza, mi prese la mano e, come solo un vero Mr Grey sa fare, mi tranquillizzò dicendomi: «Uh, hai le mani fredde come le aveva mia nonna quand'è morta».

Ecco.

Sbavatura n. 33

IL CONTRATTO

Il Mr Grey letterario non fa sesso con la sua bella finché questa non ha firmato un eccitante contratto erotico, che mette nero su bianco (e su rosso) le deliziose perversioni sessuali che lui intende propinarle.

Il Gigio non fa sesso con la sua bella finché questa non ha firmato un rassicurante contratto in cui gli garantisce, nero su bianco, che non chiederà una cifra spropositata per gli eventuali alimenti in caso di divorzio.

Sbavatura n. 34

La Stanza Rossa

La Stanza Rossa, a casa di Mr Grey, è un sontuoso salotto arredato meravigliosamente dove, immaginiamo, preziosi candelabri d'argento montano cerei falli, dove i tendaggi serici sono drappeggiati con fruste di cuoio, dove ogni gatto ha nove lussuosissime code. Nella Stanza Rossa il perfido e adorabile Grey rimbambisce la sua amata a suon di devote sculacciate e altre amenità ispirate al Marchese De Sade.

Ma il Gigio ce l'ha una Stanza Rossa?

Certo che sì. In quella stanza egli tortura la sua bella in mille diabolici modi, fino a farla urlare e a farle perdere il lume della ragione. Altro che Mr Grey.

La stanza in questione è piena di oggetti per martoriare chi la condivide con lui. Vediamone alcuni, e ci scusiamo se la cruda descrizione dovesse causare un comprensibile disagio o un'eccitazione sessuale eccessiva.

La saponetta-porcospino

Uno strumento di tortura che sta cadendo in disuso dopo l'avvento del sapone liquido. Tuttavia è un classico del sadismo, quindi non possiamo esimerci dal menzionarlo. La creazione, del tutto artigianale, è opera del Gigio in persona che, quando si fa la barba, applica i suoi peli a uno a uno sulla saponetta, a guisa di riccio o puntaspilli. Quando la Gina la vede, urla e si autoflagella le cosce.

Lo spazzolino-zombie

Spaventevole manufatto gigiesco che, come i morti viventi, porta su di sé incrostazioni organiche e inorganiche di varia origine. Strati e strati di dentifricio fanno da terreno di coltura a un plotone di batteri e a qualche foglia di rucola scappata da un incisivo. Quando la Gina si avvicina allo spazzolino-zombie lo morde per prima, poi cade a terra in preda a spasimi di rabbia e di dolore.

Il coperchio scoperchiato

Il classico dei classici, un evergreen intramontabile come un cappotto di loden. Il Gigio, che sa come eccitare la sua bella, si ricorda ogni volta di lasciare alzato il coperchio del water, ed è sua cura non richiuderlo giammai. Come in una tomba violata, la lapide svetta bianca e spettrale, lasciando a volte intravedere la mummia di qualche stronzo.

Il gas esilarante

I manuali di erotismo consigliano di spargere dell'olio essenziale di ylang-ylang, potente afrodisiaco, nell'ambiente che verrà visitato dall'amata. Anche i frutti di mare si dice abbiamo lo stesso effetto, eppure lo spray all'ostrica da spruzzare nell'ambiente è introvabile sul mercato, per ragioni che ci sono oscure. Ma il Gigio, uomo dalle mille e raffinate risorse erotiche, in mancanza di ylang-ylang o di cozze rilascia un gas di produzione propria dagli effetti altrettanto stordenti. La Gina, quando entra nella stanza, viene presa da una crisi isterica – «isteria» deriva da *hysteron,* «utero», quindi è in tema –, e mentre caracolla verso la finestra stramazza sul pavimento ridendo come una iena.

Sbavatura n. 35

Lo shopping

In una cosa Mr Grey è davvero da imitare: lui non accompagna *mai* la sua bella a fare shopping. Il furbastro subappalta la temibile incombenza a un personal shopper di fiducia, che acquista i capi e si annoia a morte al posto suo. Davvero un genio del male, questo Mr Grey.

Il Gigio invece, soprattutto in quei due periodi dell'anno che segnano la catastrofe emotiva e il tracollo fisico (i saldi), accompagna la Gina a caccia di occasioni. Lo fa solo perché gli costa meno fatica andarci che dirle di no. Errore imperdonabile, superficialità perniciosa. Perché il Gigio si dimentica che il suo ruolo non è soltanto quello di accompagnatore (quindi autista), né eventualmente quello di erogatore (quindi bancomat), ma è soprattutto quello di consigliere. Un consigliere che sappia non soltanto dire questo sì, questo no, ma che sia in grado di motivare in modo convincente i suoi responsi. Nello spiegarsi, deve avere però l'accortezza di evitare frasi infelici del tipo: «Questo no, perché si vede che hai le braccia a budino», «Questo no, perché mostra le tue ginocchia a michetta» o «Questo no, perché ti fa sembrare la sorella scema dell'Ape Maia».

La formula magica, sempre e comunque, dovrebbe essere: «Questo no, perché non mette abbastanza in risalto i tuoi pregi». Ma lui la formula se la scorda, oltre a scordarsi che aveva giurato solennemente di non andare mai più a fare shopping con la Gina.

Così in luglio e in gennaio, o in ogni stagione negli outlet, vediamo frotte di Gigi che seguono le loro Gine come depressi cagnoloni al guinzaglio, uggiolando annoiati e alzando ogni tanto la zampa per fare pipì in qualche camerino, tanto per ricordarsi che sono maschi. A volte tentano di farla anche sulle gambe di qualche commessa procace, giusto per marcare il territorio, ma non ottengono nulla di più che una giornalata sul naso.

In più i poverini non sanno che il peggio deve ancora arrivare. Una volta tornate a casa cariche di sacchetti di ogni foggia, le Gine devono assolutamente provarsi di nuovo vestiti, scarpe, borse, occhiali e persino i sacchetti. Perché, si sa, lo specchio casalingo è molto più veritiero di quello dei negozi. E qui si fanno prendere da una crisi di nervi, perché si vedono troppo grasse, troppo magre, troppo alte, troppo basse, troppo bionde, troppo more, troppo tutto e non va bene niente.

I Gigi assistono allo sfacelo sgomenti, cercando con piccoli passetti laterali e disinvolte fischiettate di raggiungere di nascosto il salotto e il relativo televisore, ma vengono immediatamente beccati, riportati al loro posto e ivi incollati con il Vinavil.

Se avessero letto la celebre trilogia si sarebbero risparmiati tutto questo.

Siete ancora in tempo a leggerla, Gigi di tutto il mondo. Son botte di cinquecento pagine cadauna, ma ne vale la pena.

Sbavatura n. 36

La famiglia

Un uomo orfano e senza figli, dispiace dirlo, è un po' il sogno di ogni donna in età da marito. Niente suocere da arginare, niente prole altrui da accudire. E Mr Grey, guarda un po', risponde a tutti questi requisiti. A parte quella trascurabile manciata di ex morose a cui ha fatto vedere i sorci verdi nella Stanza Rossa, il tapino è praticamente solo al mondo.

Il Gigio comune, invece, nella stragrande maggioranza dei casi non lo è affatto. La sua mamma tracima da ogni angolo della casa, subdolamente travestita da babysitter, consulente di coppia, smacchiatrice di pantaloni, esperta dei tendaggi e di qualunque complemento d'arredo in casa d'altri. Uno dei suoi travestimenti più riusciti, però, è quello da parmigiana di melanzane: nascosta in un Tupperware ella s'insinua subdola come un pomodorino nel freezer del figlio, e da lì inizia la sua marcia da cosacca alla conquista della steppa. Emula del grande Popoff, ella sbuffa, inciampa, rotola, ma alla fine scavalca l'ultimo sofficino e invade la cucina fino all'ultima piastrella. Da lì alla camera da letto, poi, è un attimo.

E i figli? Eh già, perché un Gigio non più giovanissimo può anche essere stato sposato e avere poi divorziato, ma non prima di avere scodellato un paio di frugoletti che magari vivono con lui a settimane alterne.

Di solito i gigetti accolgono la nuova fidanzata del papà così pieni di entusiasmo, forse contagiati dallo stesso entusiasmo della madre, da riempire la Gina di regali – una rana nel cassetto delle mutande, un paio di lische di sogliola tra le pashmine, una fetta di anguria nella borsetta –, oppure, con devozione quasi filiale, le nascondono l'iPhone nella lettiera del gatto o fanno il bidè alle mosche nel suo caffè.

L'ex moglie del Gigio, nel frattempo, felice che il padre dei suoi figli si sia finalmente sistemato con una brava ragazza, si occupa con affetto sororale di non farle montare la testa insultandola ferocemente a giorni alterni.

Ma l'allegra combriccola che accompagna il Gigio non è tutta qui. Egli dispone infatti di un ricco catalogo di parenti: fratelli, ex cognati, zii e cugini che chiamano immancabilmente la Gina con il nome della ex, per farle capire che la considerano proprio una di famiglia.

Sbavatura n. 37

L'orgasmo

Si narra che l'ineffabile Mr Grey riesca a regalare un orgasmo alla sua bella con la sola stimolazione dei capezzoli. Ora, soprattutto se i capezzoli stimolati sono quelli di lei, non è una cosa impossibile da ottenere, ma diciamo che è piuttosto rara. Comunque, tra capezzoli e altre zone erogene da sollecitare, Mr Grey il risultato lo porta sempre a casa. Bravo, ragazzo.

E il Gigio? Beh, esistono esemplari di Gigio che se la cavano piuttosto bene, ma altri sono proprio negati. Un po' è che gli manca la tecnica di base, un po' è che non sanno creare l'atmosfera giusta, e un po' è che credono che i preliminari servano a qualificare le squadre di calcio alla Champions League.

Questi Gigi, per un'originale concezione del corpo femminile, pensano che basti estrapolare il pisello e introdurlo laddove la natura suggerisce (poi magari la natura suggerisce anche delle alternative, ma questa è un'altra storia) per far contenta una Gina e la di lei vagina. «Va', Gina» è infatti il mantra che i Gigi recitano, a volte cantandolo sulle note di *Va' pensiero*, per donare all'amata un orgasmo con applausi a scena aperta.

Va', pensiero, sull'ali dorate
Va', ti posa sui clivi, sui colli,
Ove olezzano tepide e molli
L'aure dolci del suolo natal. *

Oppure, passando bruscamente dall'opera ai detti popolari, abbiamo anche il classico fraseggio amoroso: «Gina, *ven chi che te duperi*» («Gina, vieni qua che ti uso»), che riesce a suggestionare a tal punto l'amata da regalarle un orgasmo ancora prima di essere toccata. C'è chi non osa pronunciarlo per pudore o per non fare il fenomeno, ma ogni Gigio lo pensa tra sé mentre pregusta quei sessanta secondi di sofisticato erotismo da trascorrere con la sua Gina. A nulla servono i TomTom collegati al pisello per localizzare il punto G, e a nulla servono le indicazioni in cuffia dalla regia per individuare il clitoride: il Gigio va dritto alla meta, senza inutili soste o deviazioni. Tutt'al più, se sente di essere un po' a corto di carburante, si ferma a una pompa.

* Tutti i triviali doppi sensi su *ali* e relativi volatili, *clivi e colli* e relativi capezzoli, *olezzi* eccetera sono a cura del lettore.

Sbavatura n. 38

La conduzione

Mr Grey guida i giochi erotici per regalare orgasmi multipli alla sua donna. Il Gigio guida la Multipla.

Sbavatura n. 39

La casa

Una sbavaturina da niente: secondo dichiarazioni messe nero su bianco, Mr Grey guadagna circa centomila dollari all'ora. Cen-to-mi-la. Tipo che ogni ora potrebbe comprarsi un monolocale, per dire. E infatti, sempre per dire, abita in una casa da favola dove se ci entrasse Pollicino dovrebbe lasciar cadere, al posto delle briciole di pane, le pizze alla Bismarck.

Invece casa Gigio, combinazione, è sui sessanta metri quadrati, con un solo bagno, due camerette e un soggiorno striminzito con cucina a vista. Adesso mettiamoci dentro anche una Gina, due bambini e un cane, giusto per vedere l'effetto che fa.

Effetto mattina: sveglia alle sei e mezzo, gara all'ultimo sangue per chi si accaparra il bagno, piastre per capelli contese a morsi, ululati del tipo «Cazzoètardissimo» che risuonano per ogni dove, mentre il cane miagola per puro spirito di contraddizione. Poi, corsa a ostacoli verso l'uscita scavalcando mutande di varia appartenenza abbandonate per terra, salto carpiato dell'accappatoio che gocciola sul letto, inciampo pernicioso nel sandalo con zeppa, rissa collettiva e sfanculamento generale con lancio di croccantini nelle orecchie.

Poi tutti escono e non se ne parla più fino al tramonto.

Effetto sera: non c'è niente di pronto da mangiare, la Gina spadella e smadonna mentre il Gigio e i bambini ingaggiano una gara a chi lascia più briciole sul divano durante il Campionato del Fuoripasto. Nel momento preciso in cui la Gina scola la pasta, suona il telefono: è una tipa che propone l'imperdibile acquisto di un trinciapolli con presa USB incorporata. Il cane nel frattempo chiede ai vicini di essere adottato lasciando una cacca a forma di cuore sul loro zerbino.

Poi, finalmente, ognuno si dedica alla propria attività preferita: dare sui nervi all'altro. E, dato lo spazio esiguo, gli viene benissimo.

Sbavatura n. 40

L'AUTOMOBILE

Essere la fidanzata di Mr Grey significa, tra le altre cose, ricevere in regalo svariate automobili. Si annoverano in letteratura Audi e Saab decappottabili piombate dal cielo. Anche se le auto appartengono all'amata, Mr Grey, furbo come un furetto, preferisce occuparsi personalmente della guida.

Essere la fidanzata del Gigio – meno furbo del suo alter ego letterario – significa vivere in prima persona l'esperienza devastante di averlo a bordo come passeggero (la macchina, per di più, ce la siamo pagata noi, ovviamente e com'è giusto che sia).

A qualunque Gigio sembra impossibile non rischiare l'impotenza se, per esempio, mentre la Gina posteggia lui non si agita in preda alle convulsioni. La testa sbatte a destra e a sinistra, i piedi sul tappetino simulano l'azionamento coatto di freno, frizione e acceleratore, mentre le braccia si agitano disordinatamente, impedendo peraltro la visuale. Poi, quando la Gina ha portato a termine il parcheggio in modo impeccabile, il Gigio si precipita fuori dall'abitacolo munito di righello e goniometro per misurare i centimetri che separano l'auto dal marciapiede, nonché i gradi (deprecabili) di inclinazione in cui la vettura giace.

Ma facciamo un passo indietro: affrontiamo la situazione in cui Gina e Gigio stanno viaggiando. Mentre la Gina guida placidamente, il Gigio è totalmente tarantolato. Non riesce a stare fermo e armeggia frenetico con qualunque dispositivo gli capiti tra le mani: il climatizzatore, lo stereo, il navigatore, l'orologio a cucù (la Gina deve portarlo a sua madre). Poi, quando ha esaurito gli oggetti da manipolare, passa alla temibile fase Consulenza: distribuisce, in ordine del tutto casuale e avulso dalla realtà, un'infinita sequela di «Occhio!» «Rallenta!» «Accelera!» «Cazzofai!?» fino a ottenere in cambio dall'ingrata Gina un furibondo: «Adesso mi fermo e guidi tu, cazzo».

Ma no, il Gigio si diverte molto di più sul lato passeggero. Così, subdolo, chiede scusa all'amata e giura che non lo farà mai più. Poi, per evitare di tradire la parola data, passa alla fase successiva, detta dell'Estroversione: ignora diligentemente la Gina e inizia, come riscaldamento, a osservare in cagnesco tutti i conducenti delle altre auto senza proferire verbo. Ma si sente benissimo il rombo delle sue corde vocali che stanno carburando.

Dopodiché si manifesta la Provocazione Suprema: l'uomo con il cappello che guida lemme lemme davanti a loro. Irresistibile. Il Gigio comincia ad agitarsi sul sedile, scalpita, ansima, alza un labbro scoprendo il canino e ringhia sommesso. L'uomo con il cappello è peggio di un topolino meccanico: impossibile non saltargli addosso con le fauci spalancate e il pelo irto.

Azzannato il cappelluto, insultati un ciclista, un pedone e per sbaglio anche una pedina degli scacchi, Gina e Gigio arrivano al box. L'apertura della saracinesca e altre saccenterie meccaniche coinvolgeranno i due in una megarissa a colpi di olio lubrificante per serramenti. Ma questa è un'altra storia.

Sbavatura n. 41

Le mestruazioni

Niente può fermare il vigoroso appetito sessuale di Mr Grey. Nemmeno le mestruazioni. Tant'è che lo vediamo – anzi lo leggiamo – mentre tira disinvolto il noto cordoncino azzurro come fosse il campanello di una porta, e senza aspettare il permesso si fa strada nella magione ora pressoché agibile.

Il Gigio, uomo di scienza, sa benissimo che durante le mestruazioni una donna non deve toccare le piante sennò muoiono stecchite emettendo urla strazianti. Per questo il suo pisello mica glielo affida, in quei giorni lì. Non solo: la scienza applicata alla maionese conferma che questa impazzisce al tocco mestruato di qualsivoglia Gina, che è in grado anche di far inacidire la panna. Ora, non è che il Gigio eiaculi maionese o panna, ma mettiamo che il ciclo deteriori i fluidi in genere: insomma, è meglio stare in campana.

E poi – lo dice persino Plinio il Vecchio, un Gigio naturalista dei tempi andati – la vicinanza di una donna mestruata può rendere opachi gli specchi, uccidere le api e far arrugginire il ferro. Su specchi e api il Gigio non fa una piega, ma quando sente la questione del ferro s'irrigidisce. O meglio, gli si irrigidisce la ferraglia che sostiene di ospitare nelle mutande. Ferro? Avete detto ferro? «*C'est moi!*» annuncia orgoglioso il membro onorario della sua biancheria intima. E il Gigio, al pensiero del suo vecchio caro amico che fa la ruggine, s'intristisce e scappa lontano, passando un attimo a prendere l'ombrello, che non si sa mai.

Insomma, non ce n'è: quando la Gina ha le mestruazioni, il Gigio e il suo pisello le stanno alla larga, brandendo zappa e rastrello a guisa di croce per difendere il legume minacciato. «*Vade retro*», dichiara il Gigio. E la Gina, che nell'ora di latino era sempre al cesso a fumare, pensa che quel maiale del Gigio voglia andare nel suo retro perché è impossibilitato a procedere altrove. Su questo fraintendimento, di cui il Gigio approfitterebbe anche, si aprono vari scenari, alcuni possibilisti – «Vadi pure» –, altri meno.

Sbavatura n. 42

La bravura

Si racconta che Mr Grey balli divinamente. Il Gigio racconta balle divinamente.

Sbavatura n. 43

L'Ascolto

Mr Grey ascolta la sua amata. Mr Grey desidera ardentemente che lei gli parli, gli racconti di sé, gli riferisca i suoi sogni, si dilunghi sul loro rapporto. Tutte cose che, per un Gigio medio, rappresentano il peggiore degli incubi: un improvviso attacco di logorrea.

Così, se la Gina gli dice: «Ti devo parlare», il Gigio per prima cosa posiziona le mani sulle orecchie ed emette a gran voce il noto vocalizzo: «Lalalalalalaaa». In questo modo qualsiasi parola che implichi l'azione di ascoltare (e soprattutto di rispondere) non penetrerà mai nei suoi delicati e recalcitranti padiglioni auricolari.

Anche il tentativo interculturale della Gina di parlargli in alfabeto farfallino, farfugliandogli truffaldina: «Tifi defevofo pafarlafarefe», cade nel vuoto. «Ehfeh? Nofoncafapifiscofo», risponde il Gigio sputtanandosi, perché se risponde vuol dire che ha capito benissimo.

Poi, per sicurezza – magari la Gina conosce anche l'alfabeto muto – il Gigio si sfila abilmente le mutande (no, non per metterla a tacere in quel modo là) e se le cala sul cranio coprendosi gli occhi e autodiagnosticandosi impossibilitato nella vista, oltre che nell'udito.

Quando finalmente non vede e non sente – ma ancora potrebbe parlare – il Gigio va a farsi una tisana. Però, mentre traffica operoso tra erbe officinali e colini di varia foggia, ecco che con un gesto repentino tenta di inghiottire la teiera. In parte ci riesce, anche se dalle sue labbra spunta indomito il beccuccio di porcellana. Egli allora emette, a dimostrazione dell'increscioso accadimento che l'ha reso muto, un breve e gorgogliante fischio. E poi più nulla.

Però il Gigio negli ultimi tempi ha saputo sviluppare una tecnica alternativa di sopravvivenza piuttosto evoluta: lui non ascolta, ma è in grado di archiviare asetticamente, in un angolo del cervello, il suono delle parole pronunciate dalla Gina. Non il significato, eh, solo il suono.

All'occorrenza, ovvero quando la Gina con aria di sfida gli intima: «Adesso mi ripeti quello che ti ho appena detto», lui, voilà, sbobina la registrazione e nello stesso tempo si salva la vita.

In rari casi il Gigio, mentre sbobina, capisce persino il senso di quello che gli aveva detto la Gina. Ma la maggior parte delle volte ripete a pappagallo e poi svolazza altrove, leggero e ineffabile e impunito.

Abbiamo ragione di credere che presto Mr Grey gli chiederà il brevetto di questa sublime tecnica, viste tutte le logorroiche pippe mentali che si fa la sua bella.

Sbavatura n. 44

Le occasioni mondane

Se Mr Grey porta la sua bella a un party, la stringe protettivo e la presenta immediatamente agli astanti con orgoglio, specificando a chiare lettere sottotitolate per non udenti che è la sua fidanzata. Ovviamente non la lascia sola un attimo finché non vede che si è perfettamente ambientata, ed evita con sensibilità di raccontare aneddoti del suo passato da cui lei si sentirebbe esclusa. Persino a una festa in maschera il nostro riesce a farla sentire a suo agio. Un gioiellino, questo social Grey.

E il Gigio? Il Gigio mediamente alle feste ci va soltanto per cuccare. Se invece, come si usa dire, la merenda se l'è portata da casa, alle feste si rompe mortalmente i merendoni.

Comunque, se proprio deve presenziare a un party con la

sua Gina, la trascina subito verso il buffet, dove si avventa su cibo e alcolici per dimenticare la seccatura di essere lì. Poi, appena ottenuto un tasso alcolico nel sangue sufficiente a renderlo un po' meno autistico, il Gigio prende la Gina per mano (allo scopo di non dimenticarla lì quando è ora di andarsene) e inizia a girellare per la festa. Quando incontra qualcuno – soprattutto qualcuna –, a differenza del galante Grey evita accuratamente di presentare la Gina come fidanzata, ma al massimo come «amica». Cosa che fa schiumare di rabbia l'amica Gina, tanto da richiedere un'iniezione antitetanica urgente.

Poi, immancabilmente, il Gigio incontra una sua ex «amica». E questa attacca subito a ricordare con lui, ridacchiando e ammiccando, una serie di aneddoti personalissimi e intimissimi (e divertentissimi, ovvio) che hanno vissuto insieme. Ormai la bava dell'amica Gina sta tracimando fin sulle guance, facendola assomigliare all'amico Babbo Natale.

Ma la festa non è in maschera, e Mr Grey non è con lei, nemmeno mascherato da Gigio.

Sbavatura n. 45

CUCCARE

Mr Grey è talmente affascinante che, le donne, non ha nemmeno bisogno di cercarle. Vanno tutte da lui, a sciami, come api sul miele o come mosche sul relativo ingrediente (a seconda se il personaggio letterario più hot del momento ci stia simpatico oppure no).

Lui comunque non muove un dito, a meno che non abbia un luogo idoneo in cui infilarlo sapientemente.

Il Gigio, invece, il dito lo muove eccome. Per esempio, quando una sconosciuta clicca «Mi piace» su un suo link di Facebook, lui si precipita immancabilmente a mettere il ditino telematico sull'icona di lei, e se intuisce appena appena che fuori dal virtuale ella respira, allora le chiede l'amicizia. E non solo quella.

Sbavatura n. 46

I TROMBAMICI

Esistono soggetti fortemente allergici al concetto di coppia stabile, sia che si tratti di un fidanzamento, sia addirittura di un matrimonio. Mr Grey, manco a dirlo, non fa parte di questa schiera di personaggi cagionevoli. Dopo pochissimi giorni egli si dichiara ufficialmente alla sua bella e non gli viene nemmeno un principio di asma, un pomfo di orticaria, uno scampolo di eczema, né inizia a grattarsi convulsamente sotto le ascelle per l'ansia.

Il sistema immunitario del Gigio, invece, è un filino ipersensibile. Cioè, finché si tratta di accoppiamenti tra i reciproci genitali senza coinvolgerne i proprietari, non ha problemi né eczemi, e anzi incoraggia l'amicizia nascente con tutti i mezzi. È a lui, per esempio, che si deve l'invenzione del cosiddetto «trombamico».

Il trombamico, in pratica, è un fidanzato che non si vuole

fidanzare. Il Gigio rivendica il concetto in un modo diverso, è ovvio, ma in realtà è solo un espediente per inventare formule socialmente accettabili per difendersi dalla sua allergia al polline della coppia.

Prendiamo un Gigio e una Gina qualche secondo dopo il loro primo bacio. Il Gigio ha tutti i neuroni impegnati a individuare al più presto un luogo appartato dove far divertire anche il suo amico che scalpita dentro i pantaloni. Nessun altro pensiero gli attraversa la materia gigia. È la sopravvivenza della specie che lo governa.

La Gina ha tutti i neuroni impegnati a capire se questo Gigio appena baciato sarà un buon padre per i loro figli, o quantomeno se sarà uno che, se si rompe una tapparella in casa, la saprà aggiustare. È la sopravvivenza della specie (e delle tapparelle) che governa anche lei.

Ora, facciamo che i due hanno trovato un luogo appartato e ne hanno approfittato alla grande. La materia gigia è percorsa da lampi di elettricità a causa dei neuroni che chiacchierano convulsamente: «Oh, ma non è che adesso 'sta Gina si aspetta che siamo fidanzati, eh?»

«Naaah, se lo può scordare, lo sa benissimo anche lei che siamo trombamici.»

«Trombamici? Da quando trombiamo i mici, scusa?»

«Sta' zitto, vah. E invece di sparar cazzate, pensa a come instaurare con la Gina un rapporto disimpegnato, che poi sennò ti riempi di pomfi e inizi a grattarti manco avessi le pulci.»

Intanto i neuroni della Gina stanno dispiegando una sottile strategia antipulci per mettere un collare ben stretto intorno al collo del tromba*micio*. Ci riuscirà? Non ci riuscirà? Chi lo sa. Se c'avessimo una trilogia a disposizione, magari lo sapremmo.

Sbavatura n. 47

L'ALIMENTAZIONE

Mr Grey, apparentemente per i suoi loschi scopi erotici, pretende che la sua amata si alimenti in abbondanza. Anzi, a dire il vero ha un po' la fissa del cibo: peggio di una madre degli anni Cinquanta, continua a esortare la sua bella a mangiare, mangiare, mangiare.

Il fatto è che ognuna di noi, persino chi è realmente sottopeso, si sente sempre tremendamente obesa: una palla di lardo che magari indossa la 38, ma comunque una palla di lardo. E allora un uomo che ci inciti, ci ordini e addirittura ci supplichi di mangiare, beh, è una roba che si legge solo nelle favole. Eh già.

Il Gigio reale, invece, alla nascita ha subito una delicata operazione agli occhi. Si tratta di un innesto multiplo di alcuni strumenti per la diagnosi di precisione che ora allignano nella sua pupilla.

In ordine sparso, gli sono stati impiantati: un pesapersone digitale con memory card per rinfacciarci in qualunque momento quel lunedì in cui pesavamo così tanto; uno scanner ad altissima definizione per scansionarci la silhouette e rilevare debordamenti anche di un solo nanomillimetro; un plicometro wireless che definisce la massa magra e quella grassa, in grado anche di distinguere la metabolizzazione delle lasagne da quella della lattuga; una macchina per la Tomografia Assiale Computerizzata, che attraversa i tessuti con i raggi X ed emette una pernacchia appena individua la cellulite; un microscopio elettronico che esamina ogni cellula adiposa e, se questa ha il tovagliolo ancora annodato al collo e l'espressione soddisfatta, la schiaccia sotto al vetrino; una macchina della verità dotata di allarme sonoro antropomorfizzato che urla sardonico «Seee» quando la paziente giura di avere mangiato solo uno yogurt; un bastone da rabdomante provvisto di fotocamera e porta USB per cercare l'eccesso di liquidi nelle cosce, fotografarlo e poi condividerlo su Facebook e su un'altra ventina di social network.

Sbavatura n. 48

I bambini

Mr Grey, uomo dalle mille qualità, se c'è da fare bambini non si tira indietro. Sclera un po' all'inizio, ma poi ce la fa.

Simuliamo ora la situazione in cui la Gina chieda al Gigio: «Facciamo un bambino?»

Il Gigio sfuma, sfuma, sfuma fino a scomparire in una sfumatura di bianco. La vedete?

Poi non diciamo che gli uomini sono tutti uguali.

Sbavatura n. 49

I SEX TOYS

I cassetti di Mr Grey pullulano di sex toys. E lui, ovviamente, sa come utilizzarli tutti e ottenere da ciascuno il massimo godimento per la sua amata. Ha solo ventisette anni, eppure dispone di un know-how sorprendente. A Mr Grey il detto «Se gioventù sapesse, se vecchiaia potesse» gli fa un baffo. Ha il corpo di un ragazzo e l'esperienza di un vecchio puttaniere. Sono i miracoli dell'ingegneria genetica, o di quella editoriale.

Il Gigio, che sulle questioni di sesso ha il suo bell'orgoglio da difendere, un giorno va a visitare un negozio specializzato in accessori erotici allo scopo di ampliare la sua cultura. A dire la verità è piuttosto imbarazzato. Anche perché, se per esempio dovesse andare in farmacia a comprarsi la crema per le emorroidi, potrebbe specificare alla procace farmacista: «Eh, sa, è per il mio povero nonno», rafforzando la comunicazione con un'espressione schifata e incredula. Ma qui, nel pornoshop, i vetusti glutei nonneschi non li può mica tirare in ballo.

Una volta entrato nel negozio del peccato, gli si apre un mondo. E in verità lui di quel mondo lì non è che ne sappia tantissimo. La prima cosa che vede, per esempio, lo getta nello sconforto più profondo: Cazzo ci fa una paperella sullo scaffale? Da quando le papere sono diventate pornopapere? Ditemi la verità: cos'è successo a Paperopoli?

Poi, progettando di trasferirsi per vendetta a Topolinia, si aggira tra gli scaffali esibendo un'aria scettica per darsi un tono. Bambole gonfiabili, vulve gonfiabili, peni gonfiabili. Il reparto «Kit da naufragio» è ben fornito: se sul Titanic ci fosse stato un erotomane, non sarebbe successo quello che è successo.

Ora il Gigio esamina un vibratore che presenta, su un lato, un ditino indice rivolto verso l'alto, come se stesse rimproverando qualcuno. Certo, perché senza quel ditino lì chi lo stimola il clitoride, eh? Vorremo mica fare preferenze, no? Il Gigio pensa che il ditino ce l'avrebbe anche lui come dotazione di serie nel dienneà, ma vabbè.

E il cosiddetto vibratore a uncino? Sarà mica quello dell'omonimo Capitano? Ma no, sciocco utente, è fatto apposta per raggiungere il punto G. E gli anelli fallici? Sono per le più romantiche? E 'ste mollette, a cosa servono, a tenere a posto i capezzoli spettinati?

Poi il Gigio scopre, nel reparto high-tech, alcuni sex toys

che si collegano nientepopodimenoché al lettore MP3. Pare che, a seconda della potenza dei gemiti emessi dalla Gina di turno, questi capiscano da soli la modalità e la frequenza di vibrazione più gradite. Osti.

Così il Gigio, un po' affranto e un po' confuso, abbandona il negozio e si reca dall'ortolano accanto: «Scusi, c'ha mica dei piselli? Ma quelli di una volta, veh».

Sbavatura n. 50

LE SFUMATURE

A Mr Grey e alla sua Anastasia, poniamo, un giorno succede qualcosa di sgradevole. Anche una robetta piccola tipo un foruncolo sul naso, eh. Poniamo ora che, conoscendo un po' il Mister, i due affrontino il problema con serietà, pignoleria e un dispiegamento di mezzi che neanche la NASA. Poi vabbè, finiscono per trombare, questo si sa. Ma se il foruncolo sul naso spunta, sempre per ipotesi, quando hanno magari cinquant'anni e stanno insieme da trenta, insomma, non siamo neanche sicuri che finiscano in quel modo là.

Una cosa invece è certa: con il Gigio il foruncolo, o chi per esso, verrebbe affrontato in una maniera talmente scombinata e inadeguata che cominceremmo a ridere sguaiatamente fino a slogarci le mascelle. E scusate, ma alla lunga è meglio slogarsi le mascelle per una *ridatio* che per una *fellatio*.

E poi un'altra cosa, anzi tre. Anzi già che ci siamo una trilogia: non c'è miglior regalo di quello che ci si fa da sole, non c'è protezione più efficace di quella che ci procuriamo noi stesse, e non c'è miglior Gigio di quello che non tenteremo mai di far assomigliare a Mr Grey.

Ringraziamenti

Grazie a E L James e alla sua trilogia per avermi regalato molte divertenti ore di lettura. E per avermi fatto venire una voglia irresistibile di scrivere questo libro.

Finito di stampare nell'ottobre 2012
presso la Mondadori Printing S.p.A.
Stabilimento N.S.M. di Cles (TN)
Printed in Italy